VILLE DE TROYES
(Aube)

Objets d'Art anciens

SUCCESSION DE

M. DE FAULTRIER

MARS 1890

PARIS
MAISON QUANTIN
7, RUE SAINT-BENOIT

Maison Quantin imprimeur
S. Benoît 7. à Paris

VILLE DE TROYES (Aube)

VENTE AUX ENCHÈRES PUBLIQUES

DES

OBJETS D'ART ANCIENS

PROVENANT DE LA

Succession de M. de FAULTRIER

ET COMPRENANT

MEUBLES ANCIENS SCULPTÉS ET ORNÉS DE BRONZES

PANNEAUX, BAS-RELIEFS, FRISES, CADRES, COMMODES, BUREAUX

BRONZES D'ART ET D'AMEUBLEMENT
De l'époque Louis XIV à Louis XVI

ARGENTERIE DE L'ÉPOQUE LOUIS XVI

Porcelaines anciennes

DE LA CHINE, DU JAPON, DE SÈVRES, DE SAXE, ETC., ETC.

FERRONNERIE GOTHIQUE ET DU XVIᴱ SIÈCLE
Serrures, Appliques, Clefs, Heurtoirs, etc., etc.

TABLEAUX ANCIENS

MINIATURES — GRAVURES — DESSINS — FAIENCES ANCIENNES

Dont la vente aura lieu à TROYES (Aube)

Le lundi 17 mars et jours suivants à 2 heures précises, en la salle
des Ventes, **134, rue Thiers**, à Troyes.

Mᶜ PLIVARD	**Mᶜ E. GANDOUIN**
Commissaire-Priseur	31, rue des Saints-Pères, Paris
134, rue Thiers, à Troyes.	et Hôtel des Courriers, à Troyes.

CHEZ LESQUELS SE DISTRIBUE LE CATALOGUE

Expositions publiques le Samedi 15 mars 1890 et le
Dimanche 16 mars 1890 de midi à 6 heures.

ORDRE DES VACATIONS

LUNDI   17 MARS. *Objets divers, n° 541 à 655.*

MARDI   18   —   *Bronzes, n° 313 à 372. Argenterie,*
                                n° 373 à 391.

MERCREDI 19   —   *Porcelaines, n° 392 à 540.*

JEUDI   20   —   *Tableaux miniatures, n° 1 à 104.*

VENDREDI 20   —   *Meubles, Bois sculptés, n° 105 à 223.*

SAMEDI   21   —   *Faïences, Objets omis, n° 656 à la fin.*

CONDITIONS DE LA VENTE

Elle aura lieu au comptant.

Les acquéreurs payeront 5 p. 0/0 applicables aux frais.

L'expert chargé de la vente se réserve la faculté de réunir ou diviser les lots.

L'ordre numérique ne sera suivi à aucune vacation.

En cas de contestation sur une enchère, l'objet sera remis immédiatement en vente.

L'enlèvement des objets et leur livraison aura lieu le lendemain de chaque vacation de 9 heures à 11 h. 1/2.

M. Gandouin, expert chargé de la vente, remplira les commissions des personnes qui ne pourraient la suivre.

LE CATALOGUE SE DISTRIBUE :

Troyes.	Chez M. Plivard, commissaire-priseur, 134, rue Thiers.
—	A l'hôtel des Courriers.
Amiens.	Chez M. Lefèvre, antiquaire, rue Gresset.
Arras.	— M. Cossiau, antiquaire, rue des Trois-Faucilles.
Beauvais.	— M. Delafosse, antiquaire.
Cambrai.	— M. Guilmain Bracq, antiquaire.
Lille.	— M. Carlier, 7, rue Esquermoise.
Paris.	— M. Gandouin, expert, 31, rue des Saints-Pères.
Rouen.	— M. Lefrançois, 46, rue d'Amiens.
Versailles.	— M. Guillain, 3, place Hoche.
Reims.	— M. Mongenot, antiquaire.
Fontainebleau.	— M. Jourde, antiquaire.
Tonnerre.	— M. Stire, antiquaire.
Auxerre.	— M. Courtet, antiquaire.

DÉSIGNATION

TABLEAUX ANCIENS

1. — BAPTISTE. — *Vase contenant des fleurs*, très joli
tableau d'une exécution précieuse.

> Caure bois sculpté. — Haut. 0^m,30, larg. 0^m, 26.

2. — BLÉS (Henri Met de). — *La fuite en Égypte*,
paysage.

> Cuivre rond Diane 17. — Cadre bois sculpté.

3. — BLONDEL. — Six dessins, motifs de cheminées et
trumeaux, menuiserie.

4. — BRAUWER. — *L'Écrivain*, assis près d'une table,
très attentionné à sa besogne; le personnage,
d'une physionomie spirituelle et serrée, est
d'une exécution surprenante.

> Cadre bois sculpté. — Bois, haut. 0^m,16, larg. 0^m,14 1/2.

5. — BREKELENKAMP. — *Le Déjeuner frugal*, joli
tableau bien conservé.

> Cadre bois sculpté. — Bois, haut. 0^m,15 1/2, larg. 0^m,12.

6. — BREEMBERG (Bartholomé, genre de). — *Intérieur de crypte* avec monuments antiques.

Cadre en bois sculpté. — Bois, haut. 0^m,13 1/2, larg. 0^m,18.

7. — BREEMBERG (Bartholomé, genre de). — Pendant du précédent.

Cadre en bois sculpté. — Bois, haut. 0^m,12 1/2, larg. 0^m,18.

8. — BREUGHEL (Pierre) et VAN KESSEL. — *Le Paradis terrestre*, beau et remarquable tableau d'une conservation parfaite; les animaux qui l'ornent sont dus à Van Kessel.

Cadre en bois sculpté. — Bois, haut. 0^m,62, larg. 0^m,48.

9. — BREYDEL (Le chevalier). — *Combat de cavalerie contre des fantassins.*

Cadre en bois sculpté. — Bois, haut. 0^m,36, larg. 0^m,26.

10. — BREYDEL. — Pendant du précédent.

Cadre en bois sculpté.

11. — BRIL (Paul). — *Paysage*, charmant tableau d'une exécution très fine et d'un parfait état de conservation.

Cadre en bois sculpté. — Cuivre, haut. 0^m,10, larg. 0^m,14.

12. — BRUANDET. — *Village.*

Cadre en bois scultpté. — Bois, haut. 0^m,32, larg. 0^m,39.

13. — BRUANDET. — *Paysage* effet d'orage.

Cadre en bois sculpté. — Bois, haut. 0^m,30, larg. 0^m,36.

14. — CALLOT. — *Port de mer*, avec nombreux personnages, très remarquable dessin à la plume.

Cadre en bois sculpté par Bagard de Nancy.

15. — CALLOT. — Pendant du précédent.

Cadre de Bagard.

16. — CALLOT. — Sept épreuves anciennes des *Misères de la guerre.*

17. — CALLOT (École de). — *Coche de voyage attaqué par des brigands.*

Cadre en bois sculpté. — Haut. 0^m,9, larg. 0^{m}12 1/2.

18. — CAUVET. — Frise avec rinceaux *Amours et animaux chimériques.* Dessin au lavis.

19. — CAUVET. — Deux frises; gravées par Le Roy.

20. — CODE (Pierre). — *Les Fumeurs.*

Cadre en bois sculpté. — Bois ovale, haut. 0^m.13, 1/2, larg. 17.

21. — CERQUOZZI. — *Vases* contenant des fleurs, 2 pendants.

Cadres en bois sculpté. — Haut. 0^m,80, larg. 0^m,67.

22. — CERQUOZZI. — *Bouquets de fleurs.* Deux pendants.

Cadres sculptés. — Haut. 0^m,40, larg. 0^m,32.

23. — DESPORTES (École de). — *Fruits, perroquet, oiseaux.*

Cadre en bois sculpté. — Bois, haut. 0^m,49, larg. 0^m,78.

24. — DIETRICH. — *Vieillards devant l'âtre.*

Cadre en bois sculpté. — Bois, haut. 0^m,18 1/2, larg. 0^m,9.

25. — DIETRICH. — Pendant du précédent.

Cadre bois sculpté. — Haut. 0^m,18, larg. 0^m,9.

26. — DUBUISSON. — *Rentrée du Parlement de Metz en 1775.* Dessin au lavis.

Signé.

27. — DUBUISSON. — *Reddition de la ville de Metz à Henri II en 1552.* Dessin au lavis.

Signé.

28. — DUBUISSON. — *Maladie de Louis XV à Metz en 1744.* Dessin au lavis, projet de bas-relief.

Signé.

29. — DUPLESSIS. — *Attaque d'un convoi militaire.*
Bistre sur ivoire.

30. — FERG (François-Paul de). — *Paysages et figures,*
très joli tableau d'une exécution précieuse et
d'un parfait état de conservation.

Cadre en bois sculpté. — Bois, haut. 0^m,17, larg. 0^m,21.

31. — FERTÉ (Mlle de la). — *Jeux d'Amours,* grisaille sur
ardoisé.

Cadre bois sculpté. — Forme ronde, diam. 0^m,12.

32. — FRANCK (Ambroise). — *Le Concert,* très joli tableau,
beaux costumes.

Beau cadre en bois sculpté. — Bois, haut. 0^m,65, larg. 0^m,50.

33. — FRANCK (François). — *La Vierge et l'Enfant.*
Cadre en bois sculpté. — Bois, haut. 0^m,15, larg. 0^m,12.

34. — FRANCK (d'après François). — *L'Adoration des
Bergers.*

Cadre en bois sculpté. — Bois, haut. 0^m,45, larg. 0^m,62.

35. — FYT (Johannes). — *Gibier de plume mort.*
Cadre en bois sculpté. — Haut. 0^m,49, larg. 0^m,79.

36. — GALLE et WIÉRIX. — Six pièces des *Sept péchés
capitaux.*

37. — GAULT (de). — *Combat de cavalerie sous
Louis XV,* miniature sur ivoire.

Cadre en bois sculpté.

37 bis. — GELLÉ dit Le Lorrain (Claude). — *Le Soir,
paysage et animaux,* ex-collection du baron
d'Henin et Kœchlin de Mulhouse, reproduit
dans le *Livre de vérité.*

Cadre bois sculpté. — Haut. 0^m,50, larg. 0^m,66.

38. — GRAVELOT. — 22 sujets, *Maniement du fusil garde française*, époque Louis XV.

39. — GREUZE (d'après J.-B.) — *Le Tendre désir.*
Bois ovale. — Haut. 0^m,18, larg. 14 1/2.

40. — HALS (Dirck). —*Scène galante*, époque Louis XIII, bois.
Beau cadre bois sculpté. — Bois, haut. 0^n,40, larg. 0^m,28.

41. — HEINSIUS. — *Tête de jeune garçon.*
Cadre en bois sculpté. — Haut. 0^m,45, larg. 0^m,35.

42. — HEUSCH (Guillaume de). — *Paysage* avec fabriques.
Cadre en bois sculpté. — Cuivre forme ronde, diam. 19.

43. — HOET (Gérard). *Renaud et Armide.*

44. — *Triomphe d'Amphitrite.*

45. — *Diane et ses Nymphes.*

46. — *Bacchus et Ariane.*

Cadres en bois sculpté.

47. — HONDEKOETER (Melchior). — *Coq, canards et canetons.*
Cadre bois sculpté. — Haut. 0^m,84, larg. 0^m,73.

48. — HUYSUM (Juste Van). — Paysage.
Ovale, haut. 0^m,23, larg. 0^m,17.

49. — KESSEL (Jean Van). — *Fruits posés sur une table, écureuil et perroquet*, tableau d'une exécution précieuse.
Cadre sculpté. — Haut. 0^m,16, larg. 0^m,21.

50. — LANTARA. — Paysage, *le Torrent.*
Bois, haut. 0^m,22, larg. 0^m,26 1/2.

51. — LANTARA. — *Le Moulin à eau.*
Bois, haut. 0^m,22, larg. 0^m,16 1/2.

52. — LEBRUN (Louise Vigée). — Portrait d'homme en costume de chasse (ovale).

Cadre bois sculpté. — Haut. 0^m,10 1/2, larg. 0^m09.

53. — LOCATELLI. — Paysage, *Soleil couchant*.

Cadre bois sculpté, ovale. — Haut. 0^m,15, larg. 0^m,20.

54. — MAAS (Genre de Nicolas). — Portrait d'homme.

Cadre bois sculpté. — Cuivre, haut. 0^m,12, larg. 0^m,95.

55. — MOMERS (Henri). — *Animaux au pâturage.* Bon tableau de ce maître. — Les gardiens assis goûtent et boivent près des animaux dont ils ont la garde.

Cadre bois sculpté. — Bois, haut. 1^m,15 larg. 0^m,75.

56. — MOUCHERON (Frédéric). — *Intérieur de parc.*

Cadre en bois sculpté. Bois, haut. 0^m,18, larg. 0^m,12 1/2.

57. — MEER (Art Van der). — *Plage de Schweningue.*

Très beau cadre en bois sculpté. — Bois, haut. 0^m,52, larg. 0^m,40.

58. — NIVELINCK. — *Intérieur d'église vers 1780.*

Cadre en bois sculpté. — Bois, haut. 0^m,16, larg. 0^m,12.

59. — PALAMEDES (Stevens). — *Le Toucher.*

Cadre en bois sculpté. — Sur bois, haut. 0^m,27, larg. 0^m,22.

60. — PALAMEDES (Stevens). — *La Vue.*

Cadre en bois sculpté. — Bois, haut. 0^m,27, larg. 0^m,22.

61. — PERIGNON. — *Château-fort au bord d'un cours d'eau.*

Forme ronde. Diam. 0^m,10 1/2.

62. — PREVOST. — *Bouquet de fleurs*, miniature.

63. — RAOUX. — *Deux bergers.*

Cadre bois sculpté. — Toile, haut. 0^m,41, larg. 0^m,25.

64. — REMBRANDT (École de). — *Vieillard lisant.*

Ovale, haut. 0^m,08, larg. 0^m,12 1/2.

65. — RICCI (Sébastien). — *L'Adoration des Mages.*
Cadre en bois sculpté. — Cuivre, haut. 0ᵐ,22, larg. 0ᵐ,30.

66. — SARRAZIN. — *Halte de voyage.* Charmant paysage.
Cadre en bois sculpté. — Bois, haut. 0ᵐ,23 1/2, larg. 0ᵐ,32.

67. — SCHAUBROECK. — *Paysage* orné de figures.
Bois, haut. 0ᵐ,26, larg. 0ᵐ,20.

68. — SCHAUBROECK. — *Paysage*, pendant du précédent.
Bois, haut. 0ᵐ,26, larg. 0ᵐ,20.

69. — SCHOEWAERT. — *Port de mer*, très jolie composition ornée d'innombrables figures.
Cadre bois sculpté. — Toile, haut. 0ᵐ,28, larg. 0ᵐ,41.

70. — STELLA. — *L'Adoration des Anges.*
Cadre bois sculpté. — Cuivre ovale, haut. 0ᵐ21, larg. 0ᵐ,15.

71. — TISCHBEIN. — *Portrait de femme*, miniature à
l'huile.
Cadre sculpté.

72. — VELDE (Ésaïe Van de). — *Village par un temps
de neige.*
Cadre bois sculpté. — Cuivre, haut. 0ᵐ,11, larg. 0ᵐ,18

73. — VERKOLIE. — *Portrait d'homme*, époque Louis XV.
Sur cuivre, haut. 0ᵐ,14, larg. 0ᵐ,11.

74. — VERKOLIE. — *Auguste de Pologne et la reine*,
joli tableau.
Beau cadre sculpté. — Haut. 0ᵐ,89, larg. 0ᵐ,73.

75. — VERNET (d'après Joseph). — *Un Naufrage.*
Bois, haut. 0ᵐ,23, larg. 0ᵐ,17 1/2.

76. — VERSCHURING. — *Portrait d'homme*, époque
Louis XV.
Sur bois, haut. 0ᵐ,14, larg. 0ᵐ,11.

77. — WATERLOO (Antonio). — *Paysage accidenté*, importante composition avec beaux lointains, œuvre bien conservée.

Cadre en bois sculpté. — Toile, haut. 1ᵐ,10, larg. 1ᵐ,30.

78. — WATERLOO (Antonio). — *Le Pont de bois*. Épreuve avant le numéro.

79. — École française XVIIIᵉ siècle. — *Les Premiers pas*, gouache.

80. — École française. — *Le Roman dangereux*, miniature sur ivoire.

Cadre bois sculpté.

81. — École française. — *Portrait d'homme*, miniature sur ivoire.

82. — École française. — *Maurice de Saxe*, miniature sur vélin.

Cadre Louis XV, bois sculpté doré.

83. — École française. — *Jehan de Saintré*, miniature pour bague.

84. — École flamande. — *Sainte Agnès*.

Cadre bois sculpté. — Cuivre ovale, haut. 0ᵐ,09 1/2, larg. 0ᵐ,08.

85. — École flamande. — *Sainte Madeleine*, portrait de Grimou.

86. — École flamande. — *Diane et ses Nymphes surprises par Actéon*, gouache vernie.

Cadre bois sculpté. — Haut. 0ᵐ,06 1/2, larg. 0ᵐ,13.

87. — École flamande. — *Portrait d'homme*, miniature sur cuivre.

Cadre bois sculpté.

88. — École flamande. — *Princesse à cheval*, miniature sur jaspe sanguin, époque Louis XIII, avec boîte écaille.

89. — École flamande. — *Saint Pierre, Saint Domini-
que, Saint Charles Borromée*, trois petites peintures sur cuivre.

90. — École espagnole. — *Portrait de femme.*
Cadre bois sculpté. — Ovale, haut. 0^m,14 1/2, larg. 0^m,11.

91. — École espagnole (xvie siècle). — *Petit portrait de
femme.*

92. — École espagnole. — *Portrait de femme*, miniature sur cuivre.
Cadre bois sculpté.

93. — École hollandaise. — *Crépuscule.*
Cadre bois sculpté. — Haut. 0^m,11, larg. 0^m,14 1/2.

94. — École hollandaise. — *Portrait d'homme*, miniature.
Cuivre ovale, bois sculpté.

95. — *Sacrifice d'Abraham*, gravure peinte découpée et
habillée de soie, époque Louis XVI.

96. — *Gouache sur vélin.* Feuille d'éventail avec sujet et
arabesques de goût pompéien, époque du pre-
mier Empire.

97. — *Adresse de fontaine*, gravure en taille-douce, à
Metz, époque Louis XV.

98. — Gravure coloriée. — *Envoi d'un supplément d'ar-
mée au ci-devant prince de Condé.*

99. — Lot de gravures diverses anciennes et modernes.

100. — École française. — Deux peintures fixées sous
verre, *Scènes de chasse*, d'après Wouvermans.

101. — *Mignard*, d'après l'*Éducation de l'Amour*, miniature sur vélin.

102. — École allemande. — *Portrait d'homme*, émail.

103. — École française. — *Portrait de jeune homme*, miniature sur ivoire.

104. — École française. — *Portrait d'homme*, miniature à l'huile.

MEUBLES SCULPTÉS ET GARNIS DE BRONZES

BOIS SCULPTÉS

105. — **Glace**, époque Louis XIII, cadre en bois sculpté doré, orné d'attributs militaire.

Haut. 1ᵐ,05, larg. 0ᵐ,92.

106. — **Deux Glaces** appliques à une lumière, cadres en bois sculpté, époque Louis XV, dorés.

107. — **Époque Louis XVI, petite Commode** à trois tiroirs, forme demi-lune, acajou cannelé.

108. — Époque gothique, **grand et beau Coffre** en noyer sculpté, orné d'oviges de style fleuri et d'entrelacs; à la base, frise représentant un roi et une reine tourmentés par des démons (xvᵉ siècle).

Long. 1ᵐ,90.

109. — **Coffre gothique** remonté, chêne sculpté; les panneaux anciens sont du plus beau style du gothique fleuri.

Long. 1ᵐ,55.

110. — **Coffret gothique** du xvᵉ siècle, chêne sculpté, style fleuri.

Long. 1ᵐ,50.

111. — **Coffret** quadrangulaire en bois sculpté, travail de Bagard, de Nancy.

112. — **Coffret** en marqueterie de cuivre et d'étain, par Boulle, époque Louis XIV.

113. — Époque Louis XIV, **grand fauteuil**, bois de noyer sculpté, recouvert en tapisserie à l'aiguille.

114. — **Glace de Venise** gravée, époque Louis XVI.

115. — Époque Louis XIV. **Petit cadre** en bois sculpté, nettoyé.

116. — Époque Louis XVI, **Cadre** en bois sculpté, forme ovale. Beau cadre d'une exécution très fine, a sa dorure enlevée.

117. — Paire de **Consoles** à accrocher, à masques de femmes, époque Louis XIV.

118. — **Lustre** en bois sculpté de l'époque Louis XIV, redoré, à huit branches, chargées de vingt-huit lumières en fer doré.

119. — **Socle de pendule** à accrocher, en marqueterie de cuivre et d'écaille, par Boulle. Époque Louis XIV.

120. — Deux **appliques** à une lumière, bois sculpté. Époque Louis XIV.

121. — Époque Louis XV. Deux **petits cadres** en bois sculpté, doré. Beau style rocaille.

122. — **Petit socle de Pendule** de l'époque Louis XIV, marqueterie de cuivre et écaille, garni de bronzes dorés.

123. — Ébène sculpté, époque Louis XIV, deux **Devants de tiroirs** avec Amphitrite et dieux marins.

124. — Bois sculpté. **Débris** provenant d'un dossier de haise Renaissance.

125. — **Petite Pendule porte-montre**, marqueterie de cuivre et d'écaille ornée de bronzes dorés. Époque Louis XIV.

126. — **Petit coffret** bombé, orné de peintures, art suisse du XVIᵉ siècle.

127. — Bois sculpté, **joli coffret** carré exécuté par Bagard, de Nancy,

128. — Bois sculpté doré. Paires de très jolies **petites Consoles** à accrocher. Époque Louis XV, rocailles.

129. — Bois sculpté doré. Très joli **Coffret** de style gothique fleuri.

130. — Bois sculpté, *la Cène*, **Bas-Relief**. Époque Louis XIV.

131. — **Reliquaire** de l'époque Louis XIII, à portique, écaille, cuivres dorés et verres églomisés.

132. — **Cadre** en bois sculpté doré à fronton. Époque Louis XVI.

133. — **Cadre** de gravure bois sculpté doré, époque Louis XIV, avec fronton aux armes de France.

134. — **Console** en bois sculpté doré, époque Louis XVI, marbre vert de mer antique.

135. — **Glace** verre gravé et peint, travail vénitien. Époque Louis XVI.

136. — Buis sculpté. **Bas-relief** représentant l'*Adoration des Bergers*, avec cadre sculpté, doré, art italien. Époque Louis XV.

137. — **Coffret** en bois marqueté, orné de rinceaux, le couvercle représente un *Sultan et ses femmes*. Époque Louis XVI.

138. — **Boîte écritoire** (époque Louis XIV), ornée de cuivres repoussés. — **Encrier** de l'époque Louis XV.

139. — **Pendule** forme dite religieuse, à dôme. Marqueterie de Boulle, cuivre, écaille, étain (époque Louis XIV). Signée : Marguerite, Paris.

140. — **Glace,** cadre en bois sculpté style Renaissance, avec cinq statuettes anciennes du xvie siècle.

141. — Bois sculpté (époque Louis XVI). Deux beaux **Bas-reliefs** représentant le *Printemps*, l'*Automne*, compositions de trois figures d'enfants. Beaux cadres sculptés.

142. — **Beau Cadre** en bois sculpté doré (époque Louis XIV), modèle à touffes de feuilles alternées.

143. — Ébène sculpté. **Deux Portes de cabinet Louis XIII** représentant *Diane et ses nymphes surprises par Actéo.; l'Ivresse de Bacchus.*

144. — Ébène sculpté. Trois **Panneaux** octogones représentant *Thésée tuant le Minotaure, Mercure endormant Argus, Diane tuant les filles de Niobé.*

145. — Bois sculpté. **Panneaux** à double cintre orné d'arabesques et de figures d'Amours (art français, xvie siècle). Dossier de stalle.

146. — **Bureau** (époque Louis XIV) à huit pieds reliés et à quatre faces. Marqueterie de bois de couleur et étain.

147. — Bois sculpté. Deux **Flambeaux,** par Bagard.

148. — Bois sculpté découpé. Trois **bas-reliefs** représentant la *Circoncision, Saint Joseph,* le *Massacre des Innocents.*

149. — Bois sculpté. **Lanterne de poche,** par Bagard.

150. — Nacre sculptée. Très joli **coffret** ajouré avec bas-reliefs de fleurs et oiseaux (art chinois).

151. — **Coffret** en marqueterie de cuivre, d'étain et d'écaille, par Boulle (époque Louis XIV).

152. — Bois sculpté. Grand et beau **Coffre** de l'époque gothique, en noyer. Ce meuble est surmonté d'une vitrine moderne de style gothique.

Long. 1^m,93.

153. — Deux **Vitrines** bois noir à filets de cuivre et bronzes dorés (style de Boulle).

154. — Bois sculpté doré. Quatre **Colonnettes** torses et sept **boutons** (époque Louis XIV).

155. — Bois sculpté. **Console** de l'époque Louis XV.

156. — Bois sculpté. **Crédence** de l'époque de Louis XII, ornée de ferrures ciselées, réparée.

157. — Bois sculpté. Autre **Crédence** Louis XII, en cours de réparation.

158. — Très belle et importante **Pendule** de l'époque de Louis XIV, avec son socle. Marqueterie de Boulle forme droite, console à S, ornée de bronzes dorés, surmontée d'une Renommée assise.

159. — Socle de **Pendule** (époque Louis XIV). Marqueterie de Boulle ornée de bronzes dorés.

160. — Bois sculpté. Sept **escabeaux** de l'époque de Louis XIII. Dossiers très riches, ornementations. Décors variés.

161. — **Marbre Languedoc** à moulure, formant cuvette (époque Louis XIV).

162. — Bois sculpté. Très grand **Panneau** représentant diverses scènes de l'histoire du roi Salo-

mon. Cadre à godrons, art flamand (époque
Louis XIII).

Haut. 0^m,75, larg. 1^m,78.

163. — Bois sculpté. *La Conversion de saint Paul*, **Bas-
relief** (époque Louis XIV).

164. — Bois sculpté. *Le Jugement de Salomon*, **Bas-
relief**, art flamand (époque Louis XIII).

165. — Bois sculpté. *Amour jouant du tambourin*, **Bas-
relief**, art français (époque Louis XIV).

166. — Bois sculpté. *Saint François d'Assise*, **Bas-relief**
(époque Louis XIV).

167. — Bois sculpté. *La Flagellation*, art flamand (époque
Louis XIV).

168. — Bois sculpté. **Deux Bas-reliefs**, *saint Charles
Borromée, sainte Barbe* (époque Louis XIV).

169. — Bois sculpté. *Jésus présenté à Pilate*, **Bas-relief**
(époque Louis XIII).

170. — Bois sculpté. **Descente de croix.** Bas-relief (époque Louis XIV).

171. — Bois sculpté. **Le bon Pasteur.** Bas relief (époque
Louis XV).

172. — Bois sculpté. Trois petits **Panneaux** du xvi° siècle.

173. — Bois sculpté. **Buste de César.** Haut-relief du
xvi° siècle; et **partie de panneau** d'ébène.

174. — Bois sculpté. **Console** à accrocher (époque
Louis XIV) représentant Apollon écorchant Mar-
syas.

175. — Bois sculpté. **Glace d'entre-deux** (époque
Louis XIV).

176. — **Marqueterie** de bois et de nacre (époque Louis XIV
trois **plateaux** échiquier non gravé, têtes de personnages, et deux **plateaux** pour trictrac.

177. — Petite **Console** de pendule (époque Louis XIV).

178. — Bois sculpté. **Fronton de cadre** (époque Louis XVI)
branches de lauriers et rubans.

179. — **Lot de cadres** (époque Louis XVI) pour gravures,
démontés.

180. — Bois sculpté. Deux petits **cadres** (époque Louis XIV)
modèles à touffes de fleurs.

181. — Bois sculpté. Quatre petits **cadres** démontés
(époque Louis XIV).

182. — Bois sculpté. **Nœuds de ruban** (époque Louis XVI)
corbeille de fleurs (époque Louis XVI).

183. — Bois sculpté. Beau **Cadre** de l'époque Louis XVI,
modèle à lilas.

184. — Bois sculpté. Grand et beau **Coffre** du xvie siècle
avec frise armoriée, cariatides et panneau représentant : *la Conversion de saint Paul.*

Larg. 1m,53.

185. — Bois sculpté. Grand et beau **Coffre** du xvie siècle
analogue au précédent, le sujet représente *la
Prise de Jéricho.*

Larg. 1m,53.

186. — Bois sculpté. Deux **Panneaux** du xvie siècle avec
arabesques et profils, portes de crédence.

187. — Bois peint. Deux **Panneaux** de meubles ornés de
bouquets de fleurs.

188. — Bois sculpté. **Panneau** d'arabesques (style du
xvie siècle).

189. — Bois sculpté. **Rose** de l'époque Louis XVI.

190. — **Table de jeu** de trictrac bois de rose, pieds cannelés
(époque Louis XVI).

191. — **Bibliothèque** ou **Vitrine** acajou cannelée (style
Louis XVI).

192. — **Bureau plat** forme contournée, pieds cintrés, bois
noir orné de bronzes ciselés et dorés, quarts de
rond, écoinçons, chutes, sabots, encadrements
simulant des tiroirs (époque Louis XV).
Nota. Ce bureau était autrefois un trictrac,
le dessus et les tiroirs sont modernes.

193. — **Étagère de suspension** à deux tablettes et colonnettes tournées (époque Louis XIII).

194. — **Commode** (époque de la Régence). Bois marqueté
de violette et bois rose orné de bronzes dorés,
belles chutes et sabots.

195. — **Table à ouvrage** (époque Louis XVI) acajou garni
de cuivre.

196. — **Toilette de Dame** formant bureau (époque
Louis XVI), acajou garni de cuivre.

197. — **Toilette à glace.** Psyché (époque empire) acajou
orné de bronzes.

198. — **Lit moderne** en bois rose orné de bronzes.

199. — **Toilette d'homme** acajou ornée de bronzes (époque
Louis XVIII) à glace s'élevant et plateau marbre
mobile.

200. — **Meuble** toilette bureau et chiffonnier de la même
époque.

201. — **Bureau à cylindre** (époque Louis XVI) à nombreux tiroirs bois de rose. Dessus marbre à galerie.

202. — **Boîte à trictrac** et ses jetons (époque Louis XVIII).

203. — **Petit paravent** (époque Louis XVI) bois d'acajou.

204. — **Bois sculpté. Coffret** chêne (époque Louis XIII).

205. — **Bureau à écrire** debout (style gothique).

206. — **Crucifix** avec Christ ivoire, cadre bois (style Louis XIV).

207. — Bois sculpté. Cinq **Groupes d'enfants.**

208. — Bois sculpté. **Tabouret** (époque Louis XVI) et deux chaises de même époque.

209. — Jolie **Commode** a ressaut, pieds cintrés (époque Louis XVI). Marqueterie de bois rose, orné de bronzes, chutes et sabots, marbre brèche d'Alep.

210. — **Toilette Pompadour** (époque Louis XVI) bois de palissandre et bois rose.

211. — Belle **Commode** en marqueterie de bois (époque Louis XVI).

212. — **Commode** marqueterie de bois (époque Louis XIV).

213. — **Commode** (époque Louis XIV) bois de violette, cuivre et bronzes dorés.

214. — **Encoignure** (époque Louis XVI) bois rose, ornée de bronzes.

215. — Bois sculpté. Six **Panneaux concaves** (époque Louis XIV) provenant de Voussures.

216. — Bois sculpté. **Devant de Coffre** à six panneaux, ornés de figures en deux vantaux xvie siècle.

217. — Bois sculpté. **Groupe d'Apôtres** assistant à l'Ascension (époque Louis XVI).

218. — Ébène sculpté. **Porte de Cabinet** (époque Louis XIII).

219. — Bois sculpté. Quatre **Panneaux** Renaissance dont *Jésus à la colonne*.

220. — Bois. Deux **Panneaux** marqueterie (époque Louis XIV).

221. — Bois sculpté. Trois **Cadres** divers.

222. — Bois sculpté. Trois **Chapiteaux** (époque Louis XIII)

223. — Bois sculpté. Deux **Fauteuils** (époque Louis XV).

223 *bis*. — Boîte. **Pupitre** de voyage acajou incrusté de cuivre (époque Louis XVIII).

BRONZES D'ART ET D'AMEUBLEMENT

224. — Bronze doré. Paire d'**Appliques** à trois lumières, modèle à gaines cannelées, surmontées de vases. (époque Louis XVI). Redorées.

225. — Bronze doré. **Pendule** de l'époque Louis XVI. Socle surmonté d'un cippe, avec portrait de Henri IV, de chaque côté Amours représentant *la Force* et *la Justice*. Mouvement signé Olin. Paris.

226. — Bronze doré. Paire de **Flambeaux** à deux lumières (époque Louis XVI). Modèle à draperies.

227. — Bronze doré. Paire de **Flambeaux** cassolettes Louis XVI. Modèle à guirlandes de lauriers.

228. — Bronze doré. Paire de **Chenets** gravés (époque Louis XIV).

229. — Bronze doré. Paire de **Flambeaux** girandoles à deux lumières (époque Louis XVI.)

230. — Bronze doré. Paire de **Flambeaux**. Modèle de Gouthière (style Louis XVI), avec bouquets de quatre lumières, branches dorées, binets en porcelaine bleue.

231. — Bronze doré. **Le Temps**, figurine couchée (époque Louis XIV). Redorée.

232. — Bronze doré. Paire de **Flambeaux** Louis XVI.

233. — Bronze doré (époque Louis XIII). **Statuette d'ange** tenant une palme.

234. — Bronze doré. **Chimère** combattant un serpent (époque Louis XIV).

235. — Bronze doré. **Cadre** ovale pour miniature, orné au sommet d'une guirlande de roses.

236. — Bronze doré. **Guirlande de fleurs** (époque Louis XVI).

237. — Bronze doré. Paire de **Boutons** pour pelles et pincettes (époque Louis XVI).

238. — Bronze doré (époque Louis XVI). Paire de **Boutons** pour pelle et pincettes. Forme vases.

239. — Bronze doré. Paire de **Porte-Montre** ovales, ornés de rubans roses et colombes (époque Louis XVI).

240. — Cuivre doré (époque Louis XVI). **Cadre** pour miniature, forme ovale à nœud de rubans.

241. — Bronze doré. **Aigles** ailes déployées. Socle en marbre, fleurs de pêcher.

242. — Bronze doré. Deux **Appliques** porte-montre Louis XVI et duchesse d'Angoulême (époque Louis XVIII).

243. — Bronze doré. Deux **Appliques** pour meuble à chimères et masque (époque Louis XVI).

244. — Bronze doré. Quatre **Pièces**. Deux nœuds de rubans, branches de laurier et motif à cornemuse (époque Louis XVI).

245. — Bronze doré. **Applique** porte-montre et deux masques de satyre.

246. — Bronze doré. **Poignée** de commode et quatre petits pieds de coffret, griffes de lion.

247. — Bronze argenté. Paire de **Chenets** (époque Louis XIV).

248. — Bronze argenté. Petit **Bougeoir** (époque Louis XV).

249. — Bronze argenté. Deux **Flacons** gravés (époque Louis XIV).

250. — Bronze. Pied de **Croix** ajouré et ciselé (style du xvie siècle).

251. — Bronze. Six **Cuillères** à encens du xvie siècle. Manches ornés de figures.

252. — Bronze. Trois **Styles** gothiques et clef d'armes.

253. — Bronze. **Statuette antique.** *Femme se coiffant* et pied de vase antique, à griffe et masque féminin.

254. — Bronze. **Poignée** de meuble du xvie siècle. Deux termes cariatides de femme et statuette de guerrier (xvie siècle).

255. — Bronze. **Lampe** gothique à quatre becs, agrafe de ceinture et statuette de guerrier assis.

256. — Bronze. Pied de **Réchaud** ouvré et ciselé (époque Louis XIII).

257. — Bronze argenté. Deux **Porte-Manchettes** gravés (époque Louis XIV).

258. — Bronze doré. Paire de **Flambeaux** Louis XIV, forme dite cassolette.

259. — Bronze. Boîte ciselée. Portrait de **Frédéric II** avec gravures coloriées. Faits historiques de son règne.

260. — Bronze doré. Paire d'**Appliques** à trois lumières. Modèle à gaine, cannelée. Vases à draperie (époque Louis XVI).

261. — Bronze doré. Paire d'**Appliques** à deux lumières. Modèle fuselé, à perles, culot d'acanthe (époque Louis XVI).

262. — Bronze doré. Paire d'**Appliques** à deux lumières. Modèle à terme d'enfants (époque Louis XIV).

263. — Bronze doré. Paire d'**Appliques** à deux lumières. Modèle à gaine, cannelée, vase à draperie et guirlande de feuillages (époque Louis XVI).

264. — Bronze. Paire d'**Appliques** à une lumière (époque Louis XIV).

265. — Bronze doré. Deux **Appliques** à deux lumières. Modèle cannelé. Vases à draperies, guirlandes de feuillages. Différences dans les binets (époque Louis XVI).

266. — Bronze doré. Deux paires d'**Appliques** à une lu-

mière. Modèle à carquois et profils (époque Louis XIV).

267. — Bronze argenté. Paire d'**Appliques** pareille aux précédentes.

268. — Bronze. Paire d'**Appliques** (style Louis XIV).

269. — Bronze argenté. Paire d'**Appliques** à une lumière, modèle à buste de femme (époque Louis XIV).

270. — Bronze. Paire d'**Appliques** à une lumière (style Louis XIV).

271. — Bronze. Paire d'**Appliques** à une lumière (époque Louis XIV), manque une lumière.

272. — Bronze. Dix **Entrées** (époques Louis XIV et Louis XV).

273. — Bronze doré. Paire de **Flambeaux,** modèle de balustre et têtes de Césars (époque Louis XIV).

274. — Bronze doré. Paire de **Flambeaux** (époque Louis XVI), beau modèle.

275. — Bronze doré. Paire de **Flambeaux** gravés (époque Louis XIV).

276. — Bronze argenté. Paire de **Flambeaux,** modèle à balustre triangulaire (époque de la Régence).

277. — Bronze. **Bas-relief** de face pour pendule de Boulle et applique pour malle.

278. — Bronze argenté. Paire de **Flambeaux** gravés (époque Louis XIV).

279. — Bronze doré. Paire de **Flambeaux** gravés (époque Louis XIV).

280. — Bronze doré. Paire de **Flambeaux** ciselés, modèles à balustre et profils de Césars.

281. — Bronze doré. Paire de **Flambeaux**, modèle à
balustre cannelé tors (époque Louis XVI).

282. — Bronze argenté. Paire de **Flambeaux** (époque
Louis XVI).

283. — Bronze. Paire de **Flambeaux**, un ancien (époque
Louis XIV).

284. — Bronze doré. Quatre **Embrasses** (époque Louis XV).

285. — Bronze doré. **Garniture** dite manchons pour fer-
meture de fenêtre (époque Louis XVI). Plus un
morceau provenant d'une autre.

286. — Bronze doré. **Applique** à une lumière (époque
Louis XIV).

287. — Bronze doré. Paire de **Flambeaux** (époque
Louis XVI).

288. — Bronze argenté. Paire de **Flambeaux** (époque
Louis XIV).

289. — Bronze argenté. Paire de **Flambeaux** (époque du
Directoire).

290. — Bronze. Deux paires de **Girandoles** à deux lumières, manquent les flambeaux.

291. — Bronze. Douze **Entrées** pour meubles (époques
Louis XIII à Louis XVII.

292. — Bronze. Quinze **Pièces** provenant d'une reliure
(époque Louis XIII).

293. — Bronze doré. **Fronton** de pendule religieuse
(époque Louis XIV).

294. — Bronze doré et argenté. Renommées, deux **Che-
vaux**, deux chutes, 5 petites chutes (époque
Louis XIV).

295. — Bronze. Cinq **Têtes** de bélier (époque Louis XVI).

296. — Bronze doré. Dix **Pièces** (époque Louis XV) pour pendule à accrocher.

297. — Bronze doré. Six **Plaques** pour tiroirs; quatre disques ; 8 anneaux variés ; une chute et trois asperges (époque Louis XVI).

298. — Bronze. Dix **Guirlandes** et une tête de cheval (époque Louis XV).

299. — Bronze. Vingt **Pièces** culots et appliques divers styles.

300. — Bronze. Vingt **Pièces** sabots, appliques et objets divers.

301. — Bronze. Huit **Socles** (époque Louis XVI).

302. — Bronze. **Plaque** armoirie d'un cardinal, entrée Louis XII. Deux apôtres appliques.

303. — Bronze. **Tiges** diverses (époque Louis XVI).
304. — Bronze. Trois **Appliques** (époque Louis XIV), incomplètes.

305. — Bronze doré. Paire de **Chenets** (époque Louis XIV).
306. — Bronze argenté. **Plateau** de surtout (époque Louis XV).

307. — Bronze doré. **Pendule** de l'époque Louis XV. Cheval portant sur son dos le mouvement signé Nepveu, à Paris.

308. — Bronze. Paire de **Chenets** (époque du Directoire). Lions couchés.

309. — Bronze doré. Pendule **Portefaix** nègre (époque empire).

310. — Bronze argenté. Paire de **Chenets** (époque Louis XIV).

311. — Bronze. **Miroir** (époque Louis XIV).

312. — Différents **Objets** omis.

FERRONNERIE ANCIENNE

313. — **Coffret** gothique en fer ouvré (aumônière), travail du xve siècle. Bon état de conservation.

Long. 0^m,35.

314. — Fer forgé et ajouré (époque gothique), xve siècle, belle **Plaque** de heurtoir, à meneaux torsés et campaniles ciselés. Bel état de conservation.

315. — Fer du xviiie siècle. **Serrure** gravée et plaque découpée et gravée sortant l'inscription : *Gefertigt Wom taubst sclosser gesellen Johann Victor Schneider un Jahre.*

316. — Fer repoussé (époque Henri II). **Verrou**; au sommet, figure tenant deux glaives.

317. — Fer ouvré (époque gothique). **Verrou** à targe ajourée.

318. — Fer ouvré. Paire de petits **Marteaux** de porte (époque Louis XIV). École allemande.

319. — Fer ouvré. Petit **Marteau** de porte (époque Louis XIV). École allemande.

320. — Fer ouvré. **Marteau** de porte (époque Louis XIV). Art allemand.

321. — Fer ouvré, Petite **Poignée** de porte. Art allemand.

322. — Fer forgé ouvré. **Heurtoir** orné de feuilles d'a-
canthe et d'un buste d'Alexandre. Art français.
(époque Louis XIV).

323. — Fer forgé ouvré. **Verrou** targette du xvie siècle.

324. — Fer ciselé. **Canon** de pistolet (époque Louis XIV).

325. — Fer. **Éperon** à longue tige (xiiie siècle).

326. — Fer repoussé. **Plaque** de verrou ajourée, décorée
d'arabesques aux armes de France.

327. — Fer repoussé ciselé. **Gaine** de service de chasse,
représentant la *Crucifixion*, la *Résurrection* et
l'*Ascension*. Art français (époque du xve siècle).

328. — Fer forgé ouvré, **Serrure** de coffre à meneaux,
quatre-feuilles et cache-entrée formée par une
statuette d'abbé. France (xve siècle).

329. — Fer découpé et forgé. **Plaque** de serrure à chi-
corée. France (xve siècle).

330. — Fer forgé. **Targette** de porte gravée, terminée par
une demi-fleur de lis (xvie siècle).

331. — Fer. **Serrure** et sa clef ciselée (xvie siècle).
332. — Fer ciselé. **Figure** d'évêque, cache-entrée de serrure gothique.

333. — Fer. Deux **Plaques** de serrure (xve siècle).
334. — Fer découpé. Deux **Plaques** de serrure Louis XIV
et Louis XVI.

335. — Fer découpé. Seize **Aiguilles** provenant d'horloges
de diverses époques.

336. — Acier bleu damasquiné or et argent. **Épingle à** cheveux (époque Louis XVI).

337. — Fer. Petite **Lampe** carrée avec anse ouvrée (xve siècle).

338. — Fer forgé. Deux **Lumières** tulipe (époque Louis XVI).

339. — Fer forgé. **Bouquet** de deux lumières marguerite (époque Louis XV).

340. — Fer. Quatre **Clefs** à pannetons divers (époque gothique, xive siècle).

341. — **Clefs** fer, une du xvie siècle et deux de passepartout.

342. — Fer forgé. Grosse **Clef** (époque Louis XIV), le panneton repercé forme une fleur de lis.

343. — Fer découpé. **Loqueteau.** Art français (xve siècle).

344. — Fer. **Étui** à cachet, pince, cache-entrée Louis XIV et pièce, fer découpé gothique.

345. — Fer. **Poignée** de porte du xvie siècle. Deux meneaux de serrures gothiques, boîte en fer Louis XIV.

346. — Fer découpé gothique. Quatre **Pentures** (xve siècle).

347. — Fer et cuivre. Six **Entrées** de serrures gothiques et Louis XIV.

348. — Fer repoussé. Huit **Roses** et une fleur.

349. — Fer repoussé. **Rose** de marteau Louis XIV.

350. — Fer repoussé. **Rose** de feuille d'acanthe (époque Louis XIV).

351. — Fer repoussé et peint. Petit **Vase** fontaine (époque Louis XVI).

352. — Fer repoussé. Deux **Parties** de vases Louis XVI, fleur de lis Louis XIV et rose de porte.

353. — Fer. **Cache-entrée** gothique, femme (xvᵉ siècle).

354. — **Garde** de couteau de chasse, fer ciselé, fonds dorés, châtelaine, cuivre doré, nœud en cuivre, petite découpure en argent.

355. — Fer damasquiné (époque Louis XVI). Deux **Couteaux**, une fourchette.

356. — **Couteau** et fourchette du xvɪᵉ siècle.

357. — Fer ciselé. Six **Clefs** de diverses époques.

358. — Fer ciselé. Deux belles **Clefs** (époque Louis XIV).

359. — Fer ciselé. Trois **Clefs** avec beaux anneaux (époque Louis XIV).

360. — Fer ouvré et ciselé. Trois **Clefs** gothique, Renaissance et Henri IV.

361. — Fer repoussé et ciselé. Jolie **Gaine** de chasse, ornée d'arabesques (xvɪᵉ siècle).

362. — Paire de **Pistolets** (époque Louis XV), bois sculpté, garniture argent ciselée et gravée. Signé Capiomont, à Metz.

363. — Fer gravé. **Coffret**, aumônière du xvɪᵉ siècle, représentant le *triomphe de l'Amour*.

364. — Paire de **Pistolets** Louis XVIII et sous-garde de fusil Louis XV, fer gravé.

365. — Fer. Paire de **Chenets** (époque Louis XVI), fabrique de Plombières.

366. — Fer. **Corbeille** de fleurs (époque Louis XVI).

367. — Fer repoussé. **Bouclier** (style gothique).

368. — Gros **Coffre** repoussé (époque Louis XIV), richement orné.

369. — Fer forgé. Deux très beaux **Balcons**, ornés de figures et rinceaux, d'après Berain (époque Louis XIV).

370. — Cinq dessins de **Grilles** (époque Louis XV).

371. — Fer. Lots de **Balcons** (époque Louis XIV).

372. — **Fer.** Fléau de balance (époque Louis XIV), **Armoire** à double face, petite console à accrocher (époque Louis XVI).

ARGENTERIE ANCIENNE

373. — Argent. Deux **Salières** doubles dites bout de table, modèle à pyramide, amour, oiseaux, fleurs (époque Louis XVI).

374. — Argent. Deux **Moutardiers**, travail repoussé, guirlande de fleurs et médaillons (époque Louis XVI).

375. — Argent. **Moutardier** repoussé à guirlandes et amours (époque Louis XVI).

376. — Argent. **Salière** à couvercle, travail repoussé, modèle à guirlandes (époque Louis XVI).

377. — Argent. Deux **salières** ovales, repoussées (époque Louis XVI).

378. — Argent. Deux autres. **Guirlandes** et enfants (époque Louis XVI).

379. — Argent. Deux autres de **Même travail** et époque.

380. — Argent. Quatre **salières**. Enfants attachant des guirlandes. Même travail et époque.

381. — Argent. Deux **Salières** du Directoire, travail découpé gravé.

382. — Argent. Très beau **Porte-burettes** (huilier) ciselé et ouvré à jour (travail époque Louis XVI),
Signé : I.-P.-L.

383. — Argent. **Agrafe** de livre (époque Louis XVI).

384. — Argent. **Boucle** de ceinture filigrane, travai génois. — Bol et socle de même travail.

385. — Argent doré. **Plaquette** repoussée, sainte Madeleine. Art italien (xviie siècle).

386. — Argent. **Plaquette** ronde datée 1683. Combat de cavalerie.

387. — Argent. Onze **Pièces**, bagues, boutons génois. Objets garnis de strass.

388. — Argent ciselé doré. Deux **Cuillères** style Renaissance.

389. — Argent ciselé doré. Deux **Cuillères** style Renaissance.

390. — Argent repoussé. **Combat** de l'Ange et de Jacob. Art français (époque Louis XIV).

391. — Argent repoussé. Trois **Porte-tasses**. Travail turc.

PORCELAINES ANCIENNES

392. — Sèvres. Pâte tendre. **Tasse et Soucoupe ; Pôt à lait ; Sucrier couvert.** Décor fond bleu turquoise, à réserves chargées de paysages et oiseaux par Aloncle, année 1760.

393. — Sèvres. Pâte dure. **Tasse** droite et **Soucoupe.** Décor polychrome, treillage rose et poste bleue, rehauts d'or.

394. — Porcelaine de Canton. **Vase** tronc d'arbre avec enfants. Décor polychrome (fracturé).

395. — Vieux Chine. Petit **Cornet** carré. Décor polychrome, personnages, famille verte (époque des Ming).

396. — Vieux Chine. Petit **Cornet** rond. Décor, personnages famille verte (époque des Ming).

397. — Vieux Chine. Deux **Salières** à personnages. Décor polychrome.

398. — Vieux Chine. Deux **Salières.** Décor polychrome. Paysages.

399. — Vieux Chine. **Salière** ronde à trois pieds et petit poêlon. Décor polychrome.

400 — Vieil Inde. Deux **Salières.** Décor rose.

401 — Vieil Inde. Deux **Salières** rondes, imitation des fabriques de Saint-Cloud.

402. — Vieil Inde. Deux autres.

403. — Vieux Chine. Deux **Salières** ronde et hexagone. Décor polychrome.

404. — Vieux Chine. Trois **Salières**, formes variées. Décor polychrome.

405. — Vieux Chine. Deux **Encriers** quadrangulaires à relief. Décor polychrome.

406. — Chine. **Boîte à pommade.** Décor polychrome, feuillages.

407. — Vieux Chine. Trois **Saucières** forme conque. Décor Personnnages. Polychrome.

408. — Vieux Chine. Deux **Raviers.** Décor polychrome dit de modèles.

409. — Vieux Chine. **Sucrier** sans couvercle. Décor polychrome (époque des Ming).

410. — Vieux Japon. **Pot à lait** à couvercle. Décor polychrome et or, monture argent.

411. — Chine. Deux **Statuettes** homme et femme.

412. — Vieux Japon. **Pot à lait** à couvercle. Décor polychrome. Monture argent.

413. — Vieux Japon. Petit **Pot à lait.** Décor polychrome et or.

414. — Vieux Chine. **Théière, Tasse et Soucoupe,** fond noir. Décor au coq.

415. — Vieux Chine. Six petites **Tasses** gros bleu. Décor or.

416. — Vieux Japon. Petite **Potiche** couverte. Décor polychrome.

417. — Vieux Japon. Deux petits **Cornets.** Décor polychrome au paon.

418. — Vieux Chine. **Théière.** Deux soucoupes et une tasse. Décor polychrome rose.

419. — Vieux Japon. Trois petits **Beurriers** à plateaux et couvercles. Décor polychrome. Un couvercle fêlé.

420. — Vieux Chine. **Boîte à thé.** Décor polychrome, oiseaux et fleurs.

421. — Vieux Chine. **Boîte à thé.** Décor polychrome (époque des Ming).

422. — Inde. Deux petites **Bouteilles.** Décor, personnages européens.

423. — Vieil Inde. **Vase-gobelet** à anse. Décor polychrome. Personnages.

424. — Vieux Chine. Autre **Vase-gobelet.** Décor, personnages.

425. — Vieux Japon. **Plateau** hexagone à tige centrale. Décor polychrome.

426. — Vieux Chine. Trois **Tasses.** Décor polychrome, oiseaux et un petit **Bol** octogone.

427. — Vieux Chine. Quatre **Tasses,** deux **Soucoupes.** Famille rose.

428. — Vieux Chine. Quatre **Tasses** et trois **Soucoupes.** Décor polychrome. Personnages.

429. — Belle **Écuelle.** Décor polychrome. Pagodes (époque des Ming). Monture argent.

430. — Vieux Chine. Cinq **Tasses.** Décor polychrome. Personnages.

431. — Vieux Japon. Quatre **Soucoupes.** Décor polychrome et or.

432. — Vieux Chine. Deux grands et très beaux **Bols**.
Décor polychrome. Personnages sur fond **or**.
Fêlés.

433. — Sèvres. Pâte tendre. **Tasse** et **Soucoupe** forme
droite. Décor polychrome, fleurs et chiffre N,
couronné. Année 1791.

434. — Vieux Chine. **Bol** riche, décor polychrome.

435. — Vieux Chine. Huit **Soucoupes**. Décors variés.

436. — Vieux Chine. Six **Tasses**. Décors variés.

437. — Vieux Chine. Cinq **Tasses** et une **Soucoupe**. Décors
variés.

438. — Vieux Japon. Deux **Soucoupes** et deux **Tasses**.
Décor polychrome, fleurs.

439. — Vieil Inde. Quatre **Bols** et quatre **Soucoupes**.

440. — Chine. **Bouteille**. Décor de personnages.

441. — Vieux Chine. **Bol** et **Porte-Pinceau**, décor polychrome.

442. — Vieux Japon. **Sucrier** couvert, décor polychrome.

443. — Vieux Japon. **Boîte à thé** et trois **Tasses**, décor
polychrome et or.

444. — Vieux Japon. Trois **Plats** avec zone centrale, décor
fleurs polychrome.

445. — Vieux Japon. Trois autres plus petits.

446. — Vieux Japon. Trois **Bols** à couvercle et plateaux
octogones, décor polychrome et or.

447. — Vieux Japon. Quatre **Bols** ronds à couvercles et
plateaux, décor polychrome fleurs.

448. — Façon Sèvres. Pâte dure. **Tasse** et **Soucoupe** (époque Louis XVIII).

449. — Vieux Chine. Douze **Tasses**, onze **Soucoupes**, décor polychrome, femme et enfant.

450. — Vieux Japon. **Cuvette** ovale, décor polychrome.

451. — Vieux Japon. **Bol** côtelé, décor polychrome.

452. — Vieux Japon. Petit **Plat** rond, décor polychrome.

453. — Vieux Japon. Six **Couvercles**, décor polychrome.

454. — Vieux Japon. Huit **Soucoupes**, décor polychrome.

455. — Vieux Chine. **Plat** rond et petit plat ovale, décor polychrome.

456. — Vieux Chine. Quatre belles **Soucoupes**, décor polychrome.

457. — Vieux Japon. Sept pièces **Couvercles** et **Soucoupes**.

458. — Vieux Chine. Très beau **Plat** à barbe, famille verte à rehauts d'or.

459. — Vieux Chine. Seize **Couvercles** de potiches et tasses.

460. — Vieux Chine. **Saladier**, décor polychrome, personnages.

461. — Vieux Japon et Chine. Six **Couvercles**.

462. — Vieux Chine. Petit **Cornet**, décor polychrome, fleurs oiseaux.

463. — Vieux Chine. **Cornet** et trois petites **Potiches**, décor polychrome, personnages.

464. — Vieux Chine. Quatre grands **Plats**, décor polychrome (époque de Kien-Long).

465. — Vieux Japon. Deux grands Plats, décor polychrome doré.

466. — Vieux Chine. Dix-neuf belles Assiettes octogones,
décor polychrome, personnages, marli vermicellé or.

467. — Vieux Chine. Joli Compotier, décor polychrome
à réserves sur fond bleu.

468. — Vieux Chine. Assiette creuse, riche décor polychrome, fleurs.

469. — Vieux Chine. Six très belles Assiettes de la famille verte, décor au dragon.

470. — Vieux Chine. Deux très belles Assiettes à décor
supra-blanco et famille rose.

471. — Vieux Chine. Deux très belles Assiettes famille
rose, décor au kakemono.

472. — Vieux Chine. Plateau, décor polychrome, fleurs
et oiseaux.

473. — Vieux Chine. Plat, décor polychrome et or,
fleurs.

474. — Vieux Chine. Assiette, famille rose, décor au
lotus.

475. — Vieux Chine. Petit Compotier, décor polychrome,
femme.

476. — Vieux Japon. Compotier, décor polychrome et
or.

477. — Vieux Japon. Quatre Compotiers octogones, décor polychrome et or, au centre vase de fleurs.

478. — Vieux Japon. Deux Compotiers, décor polychrome.

479. — Vieux Chine. Deux jolies **Assiettes**, décor polychrome, marli à fond bleu.

480. — Vieux Chine. **Assiette**, famille rose, décor fleurs et oiseaux.

481. — Vieux Chine. Famille rose, **Assiette**, décor polychrome.

482. — Vieux Chine. Quatre **Assiettes**, décor polychrome, marli vermicellé bleu.

483. — Vieux Chine. Trois jolies **Assiettes**, décors variés polychrome.

484. — Vieux Chine. Quatorze **Assiettes**, riche décor polychrome, scène de roman.

485. — Vieux Japon. Deux **Assiettes**, décor polychrome et or.

486. — Vieux Japon. Deux belles **Assiettes**, riche décor polychrome.

487. — Vieux Japon. Cinq **Assiettes**, beau décor polychrome.

488. — Japon. Quatre **Plateaux**, décor polychrome et or.

489. — Japon. **Plateau** rond, décor polychrome.

490. — Vieux Japon. Beau **Compotier** octogone, parties ajourées, décor polychrome et or.

491. — Vieux Japon. Grand **Plat**, beau décor polychrome et or.

492. — Vieux Japon. Deux **Plats**, beaux décors polychrome et or.

493. — Vieux Japon. Deux **Assiettes**, décors variés.

494. — Vieux Japon. Trois beaux **Plats**, décor polychrome et or.

495. — Vieux Chine. **Plat** octogone, riche décor polychrome et or (époque des Ming).

496. — Vieux Chine. Trois **Bols** et trois **Soucoupes**, décor polychrome et or, personnages. Une sou-
coupe fêlée.

497. — Vieux Chine. Quatre beaux **Plats**, décor polychrome et or (époque de Kien Long).

498. — Vieux Japon. Sept **Couvercles** octogones, décor
polychrome.

499. — Vieux Japon. Sept **Tasses** à couvercles et soucoupes, décor polychrome et or.

500. — Deux autres.

501. — **Tasse** couverte et **Soucoupe**, décor polychrome.

502. — Trois autres sans couvercles.

503. — Chine. **Vase** craquelé, personnages, décor polychrome.

504. — Vieux Chine. Deux **Plateaux** ovale et rond, bords
contournés, décor personnages (époque de Kien
Long).

505. — Vieux Chine. Cinq **Tasses** et un **Bol**, décors variés.

506. — Vieux Chine. **Tasse** et **Soucoupe**, extérieur capu-
cin, décor au coq.

507. — Vieux Chine. Six **Plats** ronds, très beau décor
polychrome (époque de Kien Long), belle qualité.

508. — Vieux Chine. Quatre **Plats** ovales, même décor et
qualité que les précédents.

509. — Vieux Chine. Vingt-quatre **Assiettes**, même décor et qualité.

510. — Vieux Chine. Trois **Théières**, cinq **Tasses** droites, trois **Tasses** forme bol à couvercle, deux **Sucriers, Pot à Lait**, même décor et qualité.

511. — Vieux Chine. **Soupière** couverte, **Écuelle** couverte, trois pièces sans couvercle, même décor et qualité, et pièces diverses incomplètes.

512. — Vieux Tournai, pâte tendre. Deux petits **Seaux** décor paysage, camaïeu violet.

513. — Vieux Chantilly (?) pâte tendre. Deux petits **Bols**, décor paysage et fleurs, belle qualité.

514. — Vieux Saxe. **Tasse** et **Soucoupe** fond rose, décor paysages polychromes.

515. — Vieux Saxe. **Salière**, surface gaufrée imitant la vannerie, décor fleurs et insectes.

516. — La Courtille. **Tasse** et **Pot à pommade**, décor polychrome et or au chiffre E. N. H.

517. — Vieux Paris. **Tasse** trembleuse, couvercle, décor polychrome, guirlandes de fleurs, fabrique de Souroux vers 1780.

518. — Vieux Saint-Cloud, pâte tendre. **Salière** ronde, décor bleu.

519. — Vieux Sèvres. **Tasse** et **Soucoupe**, décor de guirlandes fleurs et or, la tasse seule en pâte tendre.

520. — Worcester, pâte tendre. **Bol** et **Soucoupe**, très beau décor à fond bleu, réserves chargées de fleurs, très belle qualité.

521. — La Courtille. **Tasse** et **Soucoupe** dorées, ornées de fleurs réservées en blanc.

522. — Niederviller-Custine. Quatre **Salières**, décor polychrome, fleurs.

523. — Saxe moderne. Deux petites **Bouteilles**, décor d'amours, camaïeu rose.

524. — Vieux Paris. Sept **Boutons**, décor polychrome.

525. — Vieux Saxe. Petit **Flacon** à odeurs, décor polychrome, marines.

526. — Delft ancien. **Pot à lait, Théière** noire, décor polychrome à froid, montures en argent ciselé.

527. — Pâte tendre ancienne. Cinq **Étiquettes** à vin.

528. — Vieux Chine. **Porte-burettes**, décor polychrome, monture en bronze doré formant encrier.

529. — Vieux Chine. **Porte-Burettes** et **Pot à pommade**, même décors que le numéro précedent, fractures.

530. — Vieux Chine. Petit **Pot** à pommade, décor polychrome (époque des Ming).

531. — Vieux Japon. Quatre **Manches de couteau**, décor polychrome.

532. — Vieil Inde. Quatre **Pots à crème** avec couvercle, décor polychrome.

533. — Vieil Inde. Six **Pots à crème** couverts, décor polychrome.

534. — Vieil Inde. **Pot à crème** couvert, armoiries et moutardier.

535. — Vieil Inde. Deux **Pots à crème** sans couvercles.

536. — Faïences du Maroc. Quatre **Vases**, décor polychrome.

537. — Vieux Japon. **Vase** en émail cloisonné avec applique bronze ciselé.

538. — Vieux Rouen. **Pot** pourri, décor bleu.

539. — Vieux Rouen. Deux **Cache-pots**, décor bleu.

540. — Vieil Inde. **Pichet**, homme assis se tenant le ventre, pièce rarissime.

H. 0^m,35.

OBJETS DIVERS

541. — Époque Louis XV. **Boîte** carrée nacre sculptée, ornements et animaux rocaille, monture en argent.

542. — Ivoire. **Boîte** rectangulaire sculptée (époque Louis XV). Sujets représentant saint François et l'invention du Rosaire.

543. — Ivoire gravé (époque Louis XV). Petite **Boîte** rectangulaire avec sujet gravé, le Renard et la Cigogne.

544. — Petite **Boîte** rectangulaire à coulisse, bois de rose et de violette (époque Louis XVI).

545. — Émail cloisonné de Chine. Paires de **Vases**, décor d'arabesques, fond bleu.

Haut. 0^m,42.

546. — Époque Louis XVI. **Médaillon**, Amour au pied d'une fontaine. Acier, nacre et argent.

547. — Cuivre gravé. **Serrure** représentant la Crucifixion (époque Louis XIII).

548. — Cuivre. **Fourchette** à deux branches, le manche ajouré.

549. — Cuivre doré repoussé. Pied de **Calice** (époque Louis XV).

550. — Ivoire. Deux petites **Statuettes**, demi-ronde bosse, l'Été et l'Hiver. — Petit médaillon losange, tête de femme (époque Louis XIV).

551. — Pierre de lard. Deux **Tableaux** fleurs. Travail chinois.

552. — **Gilet** de soie brodé en blanc (époque Louis XVI).

553. — **Porte-montre** en verre de Venise étamé, gravé, armorié, fêlé.

554. — Ivoire. Jeu d'**Échecs** indien, fabrique de Bombay.

555. — Vieux laque. **Boîte** rectangulaire rehauts d'or.

556. — **Boîte** ivoire et marqueterie de Bombay.

557. — Cuivre ciselé doré. **Boîtier de montre** (époque Louis XIV).

558. — Petite **Boîte** en marqueterie de cuivre, étain, corne verte (époque Louis XIV).

559. — **Gousse** de coco sculpté, flacon formant tabatière (époque Louis XVI).

560. — Étain. Paire de petits **Vases** du xvie siècle, ornés de masques de lions.

561. — Cuivre repoussé doré (époque Louis XIII). Bas-reliefs. **Salomon** recevant la reine de Saba.

562. — Cuivre doré. Poignée de **Couteau** de chasse (époque Louis XV).

563. — Ivoire. **Médaillon** avec portrait de Henri IV (Travail de l'époque Louis XVI).

564. — Ivoire. Deux **Médaillons** avec portraits de Marie-Antoinette et Louis XVI. Cadres en bois sculpté.

565. — Ivoire, signé Marquino. **Portrait** de femme vue de profil, cadre bois sculpté (époque du Directoire).

566. — Ivoire, signé Mosley F. Lon. 1730. **Femme** debout près d'un cippe.

567. — Ivoire. **Torse** de vieillard courbé en deux, poignée de canne (époque Louis XVI).

568. — Ivoire. **Mars**, statuette de l'époque Louis XIII.

569. — Ivoire. **Saint Jean-Baptiste** et **saint Luc**, deux statuettes (époque Louis XV).

570. — Ivoire. **Buste de reine**, figure de jeu d'échecs (époque Louis XVI).

571. — Ivoire. Petite **Râpe à tabac** complète, bas-relief représentant Arlequin (époque Louis XV). Bien conservée.

572. — Ivoire. **Râpe à tabac** piquée d'argent et cuivre (époque Louis XIV).

573. — Ivoire. **Râpe à tabac** avec tabatière, bas-relief représentant des buveurs (époque Louis XV). Bien conservée.

574. — Ivoire. Très jolie **Boîte** forme coquille avec sujets dans le goût de Berain (époque Louis XV). Éclat au couvercle.

575. — Ivoire. **Pomme de canne** (époque Louis XIV) avec buste de César ; à l'intérieur. Boussole.

576. — Ivoire. **Boîte** ovale piquée de cuivre et d'argent (époque Louis XV).

577. — Autre de même époque et travail.

578. — Autre de même époque et travail.

579. — Ivoire. Deux **Couvercles** de boîte piqués et sculptés.

580. — Ivoire. Deux petits **Bas-reliefs** (époque Louis XIV), scènes héroïques.

581. — Petit **Médaillon** rond représentant le Bénédicité (époque de Henri IV).

582. — Ivoire. **Louis XIV** de profil, travail du temps.

583. — Ivoire à double face. **Saint Charles** et **saint Ignace** (époque Louis XV).

584. — Ivoire. Petits bas-relief, **Sacrifice d'Abraham.**

585. — Ivoire. Trois petits **Bas-reliefs** en losange, amours (époque Louis XVI).

586. — Ivoire. Huit **Profils** : Alexandre, Minerve, Voltaire, Franklin, Socrate, Louis XIII, Louis XV, Rousseau.

587. — Ivoire. **Navette**, étui, deux cornets à trictrac, grand étui uni.

588. — Ivoire chinois. **Éventail** orné de nombreuses figures.

589. — Ivoire chinois. Treize **Pièces** ornées de paysages avec personnages, et trois petits socles en jade sculpté.

590. — **Boîte** ovale écaille, monture argent et étui en galuchat.

591. — Pierre des Vosges. **Médaillon** ovale représentant Joseph II, signé **Bénédict Lang.**

592. — **Coque** de noix sculptée, tête de satyre (époque Louis XVI).

593. — Ivoire. **Boîte** ronde avec fixé port de mer, d'après Joseph Vernet.

594. — **Boîte** ronde ivoire avec chiffre en or découpé **M. V.** (époque Louis XVI).

595. — Onze **Gravures à la sépia**, pour boutons.

596. — **Éventail** de style chinois, monture en ivoire sculpté et peint au vernis Martin, feuille de papier.

597. — Ivoire. **Couteau** dont le manche représente Bacchus.

598. — Ivoire. **Cuillère** à manche orné de figures (style du xvie siècle).

599. — **Cuillère en cornaline.** Autre en écaille de Chine.

600. — **Étuis en laque** de Chine et métal gravé émaillé.

601. — **Boîte** en laque de Pékin forme ovale, feuillages et fruits.

602. — **Deux Boîtes** ovales agate, monture argent (époque Louis XIV).

603. — **Trois Intailles cornaline** et cinq petits **Émaux.**

604. — **Camée** dur. **Personnages antiques.** Pierre à deux couches, monture en or.

605. — **Carabinier,** terre cuite de Chinard, pour broche.

606. — Émail de Saxe. **Boîte** rectangulaire, Jugement de Salomon.

607. — Époque Louis XV. **Boîte** à jeu en maroquin rouge, contenant quatre boîtes en ivoire gravé et peint, avec cercles mobiles pour marquer les points.

608. — Petit **Vase** forme coloquinte, émail cloisonné de
Chine.

609. — **Porte-Tasses** cuivre repoussé, orné de coraux,
émaux, et deux tasses en porcelaine de Damas.

610. — Émail français (époque Louis XIV). **Saint Ger-
main; sainte Catherine.**

611. — Émail de Genève. **Boîtier** de montre (époque
Louis XVI).

612. — Quatre **Émaux** du xviiie siècle.

613. — Bozzanigo. **Corbeille** de fleurs, bas-relief bois.

614. — **Boîte** ovale cuivre gravé, ornée de sujets calvi-
nistes (époque Louis XIII).

615. — Cuivre repoussé doré. **Boîte** ronde (époque
Louis XIII).

616. — Vieux laque. **Boîte** à jeux avec quatre petites
boîtes, travail chinois.

617. — Nacre sculptée et gravée. Onze **Plaques** provenant
de petites boîtes.

618. — Écaille sculptée. **Bonbonnière** ronde ornée de
personnages. Art chinois.

619. — **Bourse** aumônière brodée, armoriée (époque
Louis XV).

620. — Le Cheval du trompette. **Boîte** avec bas-relief argent. Signé : Kinsten, à Strasbourg.

621. — Émail. **Narghilé** persan orné d'arabesques et
figures.

622. — Ivoire. **Défense de narval.**

623. — Nacre gravée. Cent quarante-quatre **Jetons** en
forme de poissons. Art chinois.

624. — Nacre gravée. Quatre-vingt-seize **Jetons** carrés. Art chinois.

625. — Nacre gravée. Vingt-sept **Jetons** rectangulaires.

626. — Nacre gravée. Quarante-quatre **Jetons** ronds chantournés. Trente **Jetons** ronds bords unis.

627. — Nacre. Cent seize **Jetons** ronds et rectangulaires.

628. — Dupin. **Voyage** en Grande-Bretagne, 1 volume, 1 album militaire.

629. — Lot de **Damas** de soie verte (époque Louis XIV).

630. — **Boutons.** Quatre avec miniatures première République ; un en porcelaine de Corée ; cinq en verre taillé ; trois miniatures ovales ; trois petites plaques Weegwood et Sèvres.

631. — Email. Dix **Étiquettes** à vins. Décor polychrome.

632. — Nacre ; Quatre **Étiquettes** à vin.

633. — Verrerie ancienne. Sept **Verres** taillés, gravés, ornés d'armoiries.

634. — Verrerie ancienne de Flandre. Six **Verres** émaillés, médaillons représentant les mois, camaïeu rose.

635. — Verrerie ancienne. Cinq **Verres** dorés à guirlandes.

636. — Verre ancien. **Flacon** carré. surface gravée, très belle armoirie.

637. — Deux **Verres** anciens à vin, fuseau, striés en blanc.

638. — Verrerie ancienne de Flandre. Sept **Sucriers** et leurs **Plateaux.** Décor or.

639. — Verrerie ancienne. Deux **Verres armoriés.**

640. — Verrerie ancienne. Deux **Verres**, un armorié, l'autre à médaillon.

641. — Verrerie ancienne. **Verre** à double armoirie gravée.

642. — Deux **Verres** dorés vermicellés (époque Louis XVI).

643. — Deux **Carafons** dorés (époque Louis XVI).

644. — Verrerie ancienne. Huit **Salières** dorées, de formes diverses.

645. — **Verre** ancien émaillé, buste de femme (époque Louis XVI).

646. — Trois **Verres** anciens émaillés, sujets de chasse (époque Louis XVI).

647. — **Sucrier** couvert, **Verre** ancien émaillé, sujets pastoraux (époque Louis XVI).

648. — Verrerie ancienne de Flandre et de Bohême. Un **Sucrier**; **Carafon** émaillé; huit **Pièces** diverses.

649. — Bois sculpté laqué. **Divinités** chinoises et **Divinités** en potin.

650. — **Mendiant.** Art français (époque Louis XV).

651. — Bois et pierre de lard. Deux **Statuettes** chinoises.

652. — Deux **Poignards** kabyles, bois sculpté et cuivre argenté.

653. — Pierre de lard rouge. **Chien** de Fô.

654. — **Boîte** à coulisse (époque Louis XVI). Marqueterie de bois de couleur.

FAIENCES — OBJETS OMIS

FAIENCES DE ROUEN, SINCENY ET AUTRES
(Genre Rouen).

656. — **Légumier**, décor polychrome à la corne, forme ronde à bord contourné.

657. — **Beurrier**, décor polychrome de personnages chinois et insectes, de forme ovale, genre Rouen.

658. — **Bouteille** à long col de forme octogonale, décor bleu, époque Louis XIV.

659. — **Cornet** de même forme et décor, même époque.

660. — **Assiette** dite à la corne.

661. — **Aiguière**, casque, époque Louis XIV, décor bleu, anse refaite.

662. — **Aiguière**, casque, époque Louis XIV, décor bleu, émail brillant.

663. — **Petite Écuelle** avec son couvercle, même époque décor bleu.

664. — **Fontaine** et **Cuvette**, décor polychrome, époque Louis XIV.

665. — **Plat** à cinq couleurs (Sinceny), bords festonnés.

666. — **Assiette** à deux couleurs (imitation); sujet : la Cruche cassée.

667. — **Cuvette** ovale à anses torses, décor persan bleu sur fond blanc, têtes, oiseaux, lièvre et branchages.

668. — **Compotier** bleu de forme octogonale.

669. — **Assiette** ronde, décor bleu, rayonnant, avec réserves.

670. — **Assiette** de forme ronde à décor bleu à deux tons, avec réserves, genre rayonnant, paniers, cygne au centre.

671. — **Assiette** de forme contournée, fond bleu laiteux, décor bleu avec guirlandes et cartouches quadrillés, vase central.

672. — **Assiette** de même décor (Dieu).

673. — **Assiette** de Sinceny, décor polychrome à bord contourné, vase et cornet au centre.

674. — **Jatte de Sinceny** décor polychrome (Gardin) roses et tulipes, bord contourné forme octogonale.

675. — **Plat** octogone long, à décor bleu rayonnant et à réserves.

676. — Deux **Bouquetiers**, à deux couleurs, sujets chinois.

FAIENCES DE NEVERS ET DU NIVERNAIS

677. — **Cruche** dite à surprise, décor bleu.

678. — **Petit Brochet**, décor vert, rouille et bleu.

679. — **Aiguière** anse tordue, genre Rouen.

680. — **Potiche** décor bleu, avec son couvercle, sujets chinois.

681. — **Plateau** circulaire, guerrier blessé, décor polychrome, XVIe siècle.

FAÏENCES DE MARSEILLE ET DE MOUSTIERS

682. — **Cache-pot** avec mascarons aux oreilles, décor polychrome, fleurs détachées, marqué à la fleur de lis.

683. — **Canard,** décor polychrome.

684. — **Assiette** à armoirie polychrome marquée V. P.

685. — **Bouteille** plate, sujets grotesques, décor polychrome, marquée F. M. K.

FAÏENCES DE LORRAINE

686. — **Bouteille** de forme ronde, légèrement aplatie avec cartouches à paysages, quadrilles intermédiaires, quatre petites anses.

Divers articles sous ce numéro seront vendus ensemble ou séparément.

FAÏENCES DE RUBELLES

687. — Trente pièces; **Plats, Assiettes, Plaques** et **Lettres,** seront vendus par lots.

FAÏENCES DE DIVERSES PROVENANCES FRANÇAISES

688. — **Tasse** avec soucoupe, vernis jaune, portant les lettres M. T. enlacées.

689. — **Bouteille** à six pans, décor polychrome, marquée T. I. (Tilly-sur-Seuil), Normandie.

700. — **Beurrière,** faïence de Lunéville, décor polychrome et or.

701. — **Divers** articles, sous ce numéro.

FAIENCES DE DELFT

702. — **Pot** à anse à torsades, long col sur étain, décoré en bleu de petites fleurs détachées et d'oiseaux.

703. — **Vase** cornet, à décor bleu, avec personnage.

704. — **Théière** à décor polychrome.

705. — **Porte-burettes**, décor bleu.

706. — **Petit** cornet cylindrique, décor bleu.

707. — **Plat**, décor polychrome chinois, canards et arbustes, marqué A. R. liés.

708. — **Assiette** décor bleu très fin, époque de Louis XIV, marque A. R. liés.

FAIENCES ITALIENNES ET ÉTRANGÈRES

709. — **Plateau** marbré de Murano, xvie siècle.

710. — **Petite Cruche** à ouverture trilobée, décor polychrome, oiseaux et fleurs ; avec son plateau.

711. — **Assiette** de Castelli, avec marque, décor polychrome, cavalier portant un drapeau ; paysage, xvie siècle.

712. — **Grand Vase** polychrome portant cette inscription OLI ROSATO, xvie siècle.

713. — **Cornet** cylindrique, décor polychrome, xvie siècle.

714. — **Cornet** de forme cylindrique avec renflement, décor polychrome ; sujet : Saint Sébastien, xvie siècle.

715. — **Plaque** à décor polychrome, sujet : un Sacrifice ; encadrée, xvie siècle.

716. — **Panneau** verni en noir avec ornements et sujets bas-relief. XVIIe siècle.

PORCELAINES FRANÇAISES ET ALLEMANDES

717. — **Tasse** et **soucoupe**, sujet polychrome.

718. — **Deux Tasses** avec lettres ornées et enlacées, décor polychrome (époque Louis XVI), avec soucoupes.

719. — **Flacon** à thé, saxe, fleurs détachées, polychromes. Quatre **Couteaux** à manche en porcelaine de Chantilly, pâte tendre, décor polychrome de chinois

720. — **Pot à lait**, Sèvres premier empire, fond bleu et or.

721. — Petite **Soupière**, décor violet très fin, fleurs détachées.

722. — Sous ce numéro divers objets.

PORCELAINES DE CHINE ET DU JAPON

723. — Petit **Chinois à genoux**, décor polychrome.

724. — Vieux Chine. **Jatte marbrée** à marly renversé; décor polychrome sur le fond; fleurs et fruits en couleurs sur la bordure; pièce remarquable.

725. — **Tasse** octogone avec sa soucoupe, décor polychrome.

726. — **Cafetière** décor polychrome et or, belle pièce.

727. — **Cuvette** ronde, à décor polychrome, beaux émaux.

728. — Petite **Salière** fine de décor, forme légère.

729. — **Tasse à thé** avec sa soucoupe.

730. — **Saucière** décor polychrome très fin.

731. — **Petit Plateau**, décor polychrome, fond verdâtre, avec sujets en réserves sur fond blanc, pièce remarquable.

732. — **Plat** avec armoiries, décor polychrome, bord contourné, bouquets sur le marly; époque Louis XV.

733. — **Sucrier** et **Plateau**, vieux céladon à décor polychrome, fleurs en relief.

734. — **Bouteille** avec biberon, décor bleu pâle.

735. — **Sous** ce numéro divers objets.

GRÈS DU XVIᵉ SIÈCLE

736. — **Petite Cruche**, décor bleu, cerf, fond bleuâtre.

737. — **Petite Cruche**, décor bleu, cerf, fond gris.

738. — **Cruche** fond jaunâtre, décor bleu et manganèse couvercle en fer, ornements.

739. — **Pot à anses**, ornements en relief circulaires et rayonnant de têtes de lion et d'arabesques, décor bleu et manganèse sur fond gris ; anse et goulot refaits.

740. — **Théière**, décor bleu sur fond gris.

741. — **Canette** fond rougeâtre avec armoiries, sujets et ornements en relief : VENVS 1590, IVPITER, etc.

742. — **Pot à anse**, fond gris clair, avec ornements en relief en creux ; armoiries dans un cartouche, sur le col avec cette inscription : LVCAS DE WAPLA (?).

743. — Petit **Pot à anse,** fond jaunâtre, décor bleu et manganèse avec ornements et en cercle, de têtes et d'arabesques.

744. — Grande **Cruche,** fond gris, cygne et ornements, en bleu.

745. — **Canette** fond brun avec ornements d'arabesques, en relief.

CRISTAUX ET VERRES

746. — Deux **Flacons** avec sujets et guirlandes en dorure (époque Louis XVI). Plateau avec fleur et ornements en dorures.

747. — Deux **Flacons** en verre taillé de Bohême; un flacon doré avec sujet en émail polychrome et or, verre de Bohême; un flacon avec ornements en gravure et en dorure, vieux Bohême.

748. — **Verre à pied,** de Bohême, avec gravures, torsades à l'intérieur du pied.

749. — Grand **Verre,** vieux Bohême avec gravure de fleurs et sujet, cerf (xviie siècle).

750. — Élégant **Sucrier** se vissant, pour sucrer en poudre (xviiie siècle).

751. — Deux **Vases** en verre laiteux, mouchetés de couleurs diverses; trois verres pour vin du Rhin; divers objets en verre.

IVOIRES, CORNES, ETC., FRANÇAIS ET CHINOIS

752. — Couvercle de **Boîte** ronde (xvie siècle), fruits, feuillages et oiseaux en bas-relief.

753. — Petit **Vaisseau** à seize canons, avec ses mâts, voiles et accessoires, orné de sculptures coloriées ; travail chinois.

754. — Deux **Queues de billard** (époque Louis XIV), longueur 0^m,48. Spécimens fort rares.

755. — Deux **Couteaux** avec manche en ivoire formé de personnages et lion en relief (époque de Louis XIII).

756. — Petite **Boîte carrée**, ornée de sujets sculptés en bas-relief sur toutes les faces. Travail chinois.

757. — **Bougeoir** (style Louis XVI), orné d'une magnifique guirlande de fleurs sculptée, en bordure. Beau travail.

758. — Partie d'un **Diptyque** du xiiie siècle, *Adoration des Mages*.

759. — **Bloc** ou **Dent** en ivoire, comprenant un nombre considérable de sujets sculptés, travail chinois. Étui Louis XVI, orné de sculptures, pour mouches et poudres de toilette, à cinq compartiments.

760. — Sous ce numéro seront vendus divers objets.

CUIVRES ET BRONZES

761. — **Entrée de Coffre** Louis XIII, dorée.

762. — **Aiguière** en cuivre dorée ; Manche de couteau du xve siècle, avec personnages dansants.

763. — Petite **Lanterne** Louis XIV, verre gravé, sujet en repoussé avec cette inscription VICTORIA COMES QVIES.

764. — Sous ce numéro divers objets.

MEUBLES

765. — Grande **Glace** Louis XIII, bordure plaquée de bois des îles, ornée de cuivres repoussés très riches, dorés.

766. — Petite **Pendule** Louis XVI avec personnage en cuivre doré, sur son socle d'ébène.

SCULPTURES

767. — **Groupe.** Lion vaincu par un homme, bois sculpté, chêne, cariatide gaine (xvıᵉ siècle).

768. — Sorte de **Tabernacle** en chêne doré; Sacrifice d'Abraham (époque de Louis XV); Statuette Vierge en bois de noyer (xvᵉ siècle); Panneau gothique, oiseau (xvᵉ siècle); deux Statuettes en bois de tilleul; Baguette sculptée, en chêne (xvıᵉ siècle), peinte; Panneau sculpté et peint, frise (xvııᵉ siècle); Panneau en cuir repoussé (xvıᵉ siècle).

769. — Cinq **Panneaux** gothiques, de petite dimension (xvᵉ siècle), en chêne.

770. — **Panneaux** en chêne (xvıᵉ siècle).

771. — Deux **Cadres**, baguettes en bois de chêne redoré (époque Louis XIV).

772. — **Cadre** de glace à fronton, bois sculpté, doré (époque Louis XIV).

773. — Six **Fauteuils** et une bergère, bois sculpté peints gris (époque Louis XVI), garniture de l'époque.

Paris. — Maison Quantin, L.-H. May, directeur.